AF403611

LA CONFESSION

D'ANTONINE

PAR

Mlle MARIE GARCIA

PRÉFACE DE LÉON GOZLAN

———

PARIS

ÉDITÉ PAR MICHEL LÉVY

1864

LA
CONFESSION
D'ANTONINE

Imprimé à 125 exemplaires :

100 ex. sur papier vélin.
9 ex. sur papier vergé.
7 ex. sur papier de Chine.
9 ex. sur papier de couleur.

Paris.— Imprimé par Bonaventure, Ducessois et Cᵉ,
55, quai des Augustins.

Adrien Nargeot sculp.

LA CONFESSION

D'ANTONINE

PAR

MLLE MARIE GARCIA

PRÉFACE DE LÉON GOZLAN

PARIS
ÉDITÉ PAR MICHEL LÉVY

1864

Mademoiselle Marie Garcia n'avait
jamais songé à écrire. Dans une de ces
premières stations aux Eaux-Bonnes
qu'on appelle les stations de la mort, elle
avait raconté çà et là dans ses lettres à
un ami l'histoire d'une jeune fille, dont
un beau sacrifice avait couronné la vie.
Ce fut dans ces lettres retrouvées que
l'hiver suivant elle prit l'idée de cette
histoire qu'elle a intitulée : La Confession
d'Antonine.

Si elle eût vécu, mademoiselle Marie

Garcia eût sans doute retouché ce récit qu'elle ne regardait encore que comme une ébauche; mais la mort n'attend pas, même quand c'est un maître qui tient la plume. Nous n'avons pas voulu tenter des retouches qui auraient pu altérer la grâce naturelle et le charme incomparable du récit. La main d'une femme a des délicatesses infinies pour peindre les choses du cœur. C'est la fleur du pastel, le duvet de la pêche, le bleu matinal qu'une lumière trop vive efface et dévore.

Mais écoutons Léon Gozlan.

A MADAME

MADAME MARIE GARCIA

DANS L'AUTRE MONDE

Si je ne me trompe, madame et chère morte,
c'est la première fois qu'une lettre est adressée
de ce monde dans l'autre; mais je n'avais pas le
choix des moyens pour vous faire connaître mon
opinion sur le tout gracieux petit volume qu'en
partant vous avez laissé sous votre oreiller, et
dont vous m'avez chargé, devoir tendre et pieux,
d'écrire la préface.

Je dois le dire tout de suite, celui qui m'a
transmis votre volonté, madame et chère morte,

a

était beaucoup mieux placé que moi pour parler de votre ouvrage, car votre ouvrage c'est vous, Il porte l'empreinte de votre grâce personnelle et, dans plus d'un endroit, il a l'éclat de votre beauté souveraine : ici il est un écho de votre esprit plein de fantaisies; là, une palpitation de votre cœur si jeune et si passionné; à chaque page, il exhale le parfum de votre distinction; mais il trahit aussi aux meilleures, aux plus touchantes votre adieu à la terre, et laisse entendre le bruit mourant de votre dernier baiser à la vie. Il fallait donc pour écrire la préface qui convient à votre livre, pour dessiner le portique de ce boudoir élégant qui ouvre sur un tombeau, posséder à la fois la phrase sereine des jours heureux donnés par vous à pleines mains, et le style ému des longues douleurs que vous avez léguées avec votre manuscrit à celui qui me l'a confié pour quelques heures.

En y réfléchissant un peu cependant, je ne me trouve pas absolument sans qualité, comme on dit en jurisprudence, pour ébaucher la préface de votre livre.

C'est à moi le premier que vous vous présen-

tâtes, quand la pensée vous vint de tenter la fortune du théâtre. Quelle fortune ! Mais enfin, vous
étiez jeune, très-jeune, presque une enfant : vous
étiez belle à miracle ; vous aviez le regard, la
taille, la tournure, la démarche que les plus dif-
ficiles demandent. C'était bien, c'était trop : il
vous manquait, je le jugeai du premier coup
d'œil, un défaut pour réussir au théâtre, un grand
défaut ; vous apportiez le malheur de n'être pas
née dans la loge d'un portier. Ne croyez pas que
je raille ou que je veuille médire ici d'une classe
de gens dont j'estime après tout les vulgaires
services ; non, mais au théâtre il faut partir de
très-bas pour s'élever un peu haut ; le rebondis-
sement est presque impossible sans cela. Les
dieux et les déesses sortent des trappes. Les
origines plus élevées restent en route. Tout
le veut ainsi, même l'opinion, surtout l'opinion.
Elle veut pouvoir dire, la vaniteuse bourgeoise,
j'ai pris cette jeune fille dans la rue un jour qu'il
pleuvait, je l'ai trouvée jolie, je l'ai débarbouillée
et je l'ai assise du fait de ma volonté et de mon
caprice sur le trône éblouissant de la renommée.
Mais qu'elle n'ait affaire qu'à la fille d'un brave

peintre, par exemple, ou d'un modeste commer-
çant, elle la laissera se perdre, s'effacer dans les
derniers tourbillons de la mêlée dramatique.
Il faut être *du bâtiment* pour réussir dans le bâtiment, disent les maçons ; vous ne me parûtes pas
être du bâtiment, malgré vos nombreuses
qualités. Vous n'aviez pas, vous, une goutte
du sang noir et vert de la bohème. Vous
étiez bien moins destinée à jouer les princesses de
théâtre que les princesses véritables. Jamais vous
n'imiteriez le charme, la noblesse, la grandeur,
puisque vous les possédiez déjà, et qu'au théâtre
il faut imiter, se donner ce qu'on n'a pas. C'est
par cet emprunt, par cette imitation, qu'on vaut
quelque chose. Dans tout acteur il y a un singe
perfectionné, dans toute actrice une nature torse,
vicieuse, vaincue au profit d'une nature redressée
et triomphante.

Je déclarai donc en moi-même que vous ne par-
viendriez pas à vous distinguer des nébuleuses.
Je me suis trompé ; mais je dirai plus loin dans
quelle mesure l'erreur fut commise par moi.

Quoi qu'il en soit, madame et chère morte, je
vous présentai à l'Odéon. C'était, je m'en sou-

viens encore, par une âpre matinée d'hiver ; la neige couvrait la place ; l'eau ruisselait sur les marches du théâtre grec ; vous étiez violette de froid, moi bleu de ciel. Le directeur ne nous reçut pas ; il se chauffait. A la huitième visite, le même directeur, car l'Odéon en a toujours eu deux ou trois en même temps, promit de s'occuper de vous. Un an après, il vous engagea .... à souper. Soyons juste, l'année suivante, voyant que vous n'aviez décidément pas faim, il vous engagea, et il ne vous fit pas jouer. Vous restâtes deux ans à l'Odéon, où personne ne vous entendit jamais. L'Odéon n'en conserva pas moins son splendide surnom de second Théâtre français, de pépinière des jeunes talents, de serre chaude où mûrissent les belles vocations. Bouffonnerie des bouffonneries, eût dit Falstaff.

Je ne sais combien il s'écoula de temps entre le moment où vous quittâtes l'Odéon et celui où vous signâtes un engagement un peu meilleur avec le Vaudeville. Vous fûtes donc engagée au Vaudeville. Malheureusement, on y soupait beaucoup plus encore qu'à l'Odéon, Du reste, voilà le sort des jeunes actrices : mourir de faim ou trop souper. Vous glissâtes entre ces deux écueils : vous aviez de quoi souper chez vous, dans votre petit appartement de la rue de l'*Arbre-sec*, au dessus de la fontaine, très au-dessus. Cette fontaine était votre orgueil ou plutôt celui des fleurs de votre terrasse aérienne qui lui devaient leur éclat et leur fraîcheur pendant les chaudes soirées d'été, et dont vous leur prodiguiez les bienfaits limpides, à la très-grande colère parfois des passants, un peu trop traités en azaléas et en calcéolaires.

J'ai avoué avec franchise que je m'étais trompé en vous jugeant d'abord peu appelée à fournir une carrière brillante au théâtre. C'est à Londres, où vous vous rendîtes quelque temps avant votre funeste voyage aux Eaux-Bonnes, que j'irai héroïquement chercher le démenti à mon injuste prédiction. Mais comment prévoir, et voilà mon excuse, que le rameau d'or du succès vous serait offert non par la Muse de la comédie, mais par la Muse du chant ; que votre voix, dirigée jusque-là par les doctes professeurs de déclamation, dédaignerait tout à coup le terre-à-terre du langage parlé, s'attacherait les ailes blanches des séra-

phins et prendrait son vol vers les régions mélo-
dieuses de l'harmonie ; que celle à qui il n'avait
pas été donné d'être Mars ou Rachel se vengerait
en continuant Sontag, la grande musicienne et la
grande beauté ?

Il en fut ainsi pourtant, et c'est avec une vanité
que j'aurais été désolé de ne pas vous voir revêtir
en écrivant votre Confession, que vous dites, dans
celle d'Antonine : « A propos, croirais-tu qu'on
« est déjà venu me prier de chanter à un concert
« pour les pauvres, moi qui ne pourrais pas même
« chanter mon *De profundis*. Je n'ai dit ni oui
« ni non. »

Vous avez dit *oui,* j'en suis sûr ; car vous étiez
bonne comme le sont toutes ces excellentes
femmes de théâtre, si décriées, qui ne refusent
jamais de jouer ou de chanter au bénéfice de tous
les déshérités de ce monde ; la maladie seule
dit *non,* plus tard, quand votre poitrine, se
fermant comme une corolle, vous privait non-
seulement de l'air qui fait chanter, mais de l'air
qui fait vivre.

La gloire vous était donc venue, mais non du
côté par où vous aviez toujours espéré la voir

arriver; c'est bien souvent ainsi. L'essentiel est qu'elle soit venue; avec elle, vint au son des fanfares,—c'est encore l'usage,—le cortége des flatteurs, des courtisans, des adorateurs de l'étoile qui se lève. L'astre avait enfin déchiré le brouillard.

J'ai vu votre cour de la rue Beaujon; je l'ai vue rangée autour de votre divan pompadour et effleurer de ses lèvres altérées de désirs le bout de votre gant.

Vous avez été, madame et chère morte, la dernière fauvette de ce dernier Beaujon où vous aviez creusé, entre des branches de tilleul et de sycomore, votre nid de soie et de cachemire. O rapidité de nos joies! Cela était hier, cela n'est plus ce matin. La fauvette est partie; où est-elle? Le nid est brisé; où est-il? Beaujon, le dernier Beaujon a été écrasé sous le cylindre municipal; le dernier descendant de ce joli Beaujon a été aplati en boulevard; j'en ai pleuré; cela va s'appeler le boulevard Friedland.—Qu'est-ce que cela me fait Friedland? et à vous?

Eurotas! Eurotas! où sont tes lauriers roses?

Maintenant, félicitez-vous, madame et chère morte, de n'avoir pas assisté à la publication de votre livre, à cette naissance toujours si laborieuse. Que d'illusions, que de tristesses, que de déceptions, vous avez su vous épargner! D'abord l'ennui cruel de voir beaucoup de vos amis ne vous parler en vous rencontrant dans un salon ou dans la rue que du dernier discours de M. Glais-Bizoin à la chambre législative, que des prédictions de M. Mathieu de la Drôme; vous parler de tout enfin, excepté de votre ouvrage, de peur sans doute de froisser votre modestie. Charmants et délicats amis! Puis, vous vous seriez trouvée réduite, si vous n'aviez pas voulu abandonner votre publication à elle-même, au courant de l'eau, à quêter et mendier les restes de la curiosité publique absorbée tout entière par quelque *Mémoires d'une femme de chambre!*

Vous avez pris le bon parti, celui de lancer votre livre par une porte et de vous en aller bien vite par l'autre, supprimant ainsi d'un seul coup le jugement contemporain pour arriver directement à celui de la postérité. N'a pas cet heureux malheur qui veut.

Vous voilà devant la postérité; elle vous sera bonne, madame; elle a du goût; elle n'aime pas plus les grands monuments que les longs ouvrages. Les petits sont plus selon son goût : Que reste-t-il d'intact de la civilisation romaine ? Ses palais sont des ruines ; ses statues sont méconnaissables ; ses camées seuls sont aussi frais, aussi purs, aussi vivants que s'ils sortaient de l'atelier du graveur. On porte son histoire en épingle. J'ai tout le règne de Titus à l'un de mes doigts. Voyez encore : Que restera-t-il dans mille ans des deux cents volumes de Voltaire? Ses contes, un volume. Que restera-t-il de l'abbé Prévost, auteur de cinquante productions, de quarante tomes de voyages? — *Manon Lescaut*, cent pages, un diamant.

Vous n'avez pas même laissé cent pages ; vous auriez pu vivre autant d'années que *la Confession d'Antonine* a de feuillets ; mais cette perle littéraire enferme votre âme dans son enveloppe précieuse faite de larmes cristallisées. On la voit battre au travers.

Antonine, c'est vous, et vous, c'est elle. Les événements de sa vie ne sont pas les vôtres sans doute ; vous n'avez pas aimé George ; vous ne l'avez pas rencontré dans un bal de l'ambassade anglaise ; il ne vous a pas préféré votre sœur Julia ; vous n'êtes pas allée, désespérée de cette préférence, languir aux Eaux-Bonnes et mourir à Saint-Christofle. Au fond qu'importent les événements, si les misères de l'âme sont les mêmes ? Est-ce que vous n'avez pas aimé comme Antonine ? Est-ce que vous n'avez pas reçu au cœur la nouvelle qui frappe et tue ? Et parce que vous êtes venue des Eaux-Bonnes mourir à Paris dans votre joli hôtel de la rue Beaujon, au lieu de rendre votre dernier soupir à Saint-Christofle, comme Antonine, croyez-vous nous donner le change et nous faire croire que vous n'êtes pas Antonine ?

Antonine, c'est donc vous ; c'est aussi vous, pauvres cœurs, qui avez passé et qui passerez par les mêmes chemins de la vie, un jour, la fleur du printemps, la rose de mai au front, quelques années après la rose blanche entre vos mains blanches, sous une draperie blanche.

Voilà les beaux livres, ceux qui sont les livres de tout un âge de la vie ; on ne les écrit pas, on les éprouve. Ils s'écrivent seuls. Laissez-moi donc tranquille après ça avec votre rhétorique et votre grammaire. Seigneur, donnez-moi le barbarisme qui me remue le cœur de fond en comble, qui me mouille les yeux, et délivrez-moi de l'éloquence qui me laisse froid comme un éloge académique.

Votre livre, chère morte, je vous le dis tout bas, bien bas, de peur d'être égorgé au coin de la rue de Cluny par les in-quarto de M. Hachette, vivra plus que tous ces romans dans lesquels la politique prend un bain de pied chaque matin au ras de ses colonnes.

Il se lit en une demi-heure, c'est vrai ; mais on le relit aussitôt après l'avoir fermé ; on le lira donc toujours. Par lui, celles qui n'ont pas encore aimé voudront savoir comment on aime, et celles qui ont aimé seront heureuses de se souvenir.

Vous retrouvâtes dans votre exil aux Eaux-Bonnes les hommages amoureux de Beaujon ; mais vous y fîtes aussi peu d'attention qu'à Paris.

« Tu sais, écriviez-vous, que tout le monde est « ici à mes pieds, et que je ris de tout le monde.

« Pourquoi, moi qui ai été cruelle envers moi-« même en me condamnant à vivre six semaines « sans toi, ne serais-je pas cruelle aussi pour ceux

« qui disent dans leur rhétorique amoureuse
« qu'ils jettent leur cœur sous les pieds de mon
« cheval ? »

Et vous ajoutez :

« Sais-tu ce que j'aime ici, ce sont les arbres.
« Oh ! oui, j'aime mieux les arbres que les
« hommes. C'est à l'ombre des hommes qu'il ne
« faut pas s'asseoir ! »

Vous revîtes encore, chère morte, les arbres de
Beaujon, vous qui aimiez tant les arbres ; mais le
vent les avait dépouillés de leur chevelure verte ;
il faisait froid dans votre oasis ; le feu ne pouvait
plus vous réchauffer, vous le savez. Ce que vous
ne savez pas sans doute, c'est qu'au moment où
vous pâlissiez comme lui, regardant la cheminée
et vous regardant vous-même, votre dernière parole fut : « *Mon ami, mon ami ! le feu s'éteint, le
feu s'éteint !* » Il n'allait plus être nuit ; au jour, le
feu et vous n'étiez plus que de la cendre.

Il était dans ma destinée de perdre dans cet îlot
de verdure deux êtres à jamais chers à mes meil-
leurs souvenirs : vous, la grâce faite femme ; lui
Balzac, le génie fait homme. Si vous le revoyez
là-haut dans le monde des esprits, volez de votre

plus doux vol vers lui; parlez-lui de vos plus
suaves paroles, remerciez-le de votre plus tendre
merci; car il pensait à vous, car il écrivait pour
vous, quand il animait de son souffle chaud et
fécond quelques-unes de ces adorables créations
de femmes qu'il n'avait jamais vues. Il verra en
vous son plus beau rêve, celui qu'il ne devait
continuer que dans le ciel, la patrie réelle de
l'idéal.

LÉON GOZLAN.

LA CONFESSION

D'ANTONINE

HOFER PINXT
F. CHARDON IMP
CH. GEOFFROY SC.

LA
CONFESSION
D'ANTONINE

I

Bordeaux, ce 10 juillet 1860.

C'EST fini! cent lieues me séparent de toi. Je suis partie avec la mort dans le cœur; qui sait si je ne reviendrai pas morte tout à fait! Après tout, c'est un dénoûment, et il y a trois ans que nous en cherchons un. Être séparés par la mort, c'est peut-être vivre de plus près que d'être séparés dans la vie.

Est-ce que tu ne m'as pas encore oubliée? car il y a douze heures que je suis partie:

le tour du cadran, presque le tour du monde! Que te dirai-je de mon voyage jusqu'à Bordeaux? Je n'ai, jusqu'ici, voyagé qu'avec toi, et je ne vois rien quand tu n'es pas là. Des arbres, des montagnes, des nuages, de la fumée; qu'est-ce que tout cela me fait? c'est comme un drame sans action, c'est comme un livre sans âme. Te rappelles-tu notre voyage à Bade? tout était beau, même les jours de pluie; c'est que tout me parlait de toi, ou plutôt c'est que tu me parlais pendant que je regardais tout.

Il faut bien dire que nous n'allions pas à Bade par ordonnance de médecin, et que je suis partie pour les Eaux-Bonnes parce que les médecins ne savaient plus que faire de moi.

Tu diras à Albéric que j'ai salué son berceau à Angoulême; à propos de berceau, tu ferais bien, j'en ai peur, de lui demander pour moi le magnifique tombeau qui lui vient de la reine d'Oude ; pour lui, il a bien le temps, il pourrait planter encore un chêne pour sa dernière maison.

Je me suis rappelée ma géographie en passant à Tours « le jardin de la France. » Pourquoi le jardin de la France ? Avant d'arriver à Bordeaux, j'ai eu toute la peine du monde à voir des vignes ; je croyais que les ceps poussaient depuis Noé, qu'ils grimpaient sur les arbres, qu'ils formaient des berceaux, qu'ils encadraient les maisons ; mais c'est à peine si j'ai reconnu la vigne à fleur de terre. Ce que c'est de n'avoir jamais voyagé que dans son imagination. J'oubliais de te dire que le prince de ***, en vrai chevalier français, nous a accompagnées jusqu'à moitié chemin, c'était pour notre belle amie; ils ont été fort spirituels sous prétexte de m'égayer, mais ils avaient beau faire, il me semblait que ce convoi était le mien; je ne pouvais secouer mes idées funèbres; par instant j'avais dans l'oreille le chant des morts; aussi, en arrivant à Bordeaux, j'ai tout de suite demandé à quelle heure on retournait à Paris; je prenais mon parti de mourir, mais je ne pouvais me décider à mourir loin de toi.

La vue de Bordeaux m'a ranimée un peu. Quelle belle ville! ce n'est certes pas là une ville de province.

Nous sommes descendus à l'hôtel de France. J'étais à moitié morte. On me conduisit au premier étage, dans un salon grandiose. Je tombai épuisée de fatigue dans le premier fauteuil qui me tendait les bras, sans avoir la force de demander autre chose. Ma femme de chambre pensa et agit pour moi. Au bout de quelques secondes, je regardai autour de moi et j'interrogeai de l'œil tous les meubles — des étrangers qui ne savaient rien de moi et qui n'avaient rien à me dire ! Des larmes remplirent mes yeux. Je compris que j'étais à deux cents lieues de mon nid adoré, de ce balcon où fleurissent mes roses, de ce piano qui me joue les airs que j'aime. Je compris que j'avais laissé mon cœur à Paris et que j'allais peut-être mourir toute seule, toute seule, toute seule !

Je me suis remise peu à peu. Tu sais que dans le même instant je perds et reprends toutes mes forces. On nous a servi à dîner à peu près comme à Paris. Si tu viens me voir, n'oublie pas de demander des champignons de Bordeaux ; je ne sais pas s'il y pousse autre chose, mais quels merveilleux champignons! Tu sais que je n'aime pas le vin, eh bien! tu seras bien étonné d'apprendre que trois petits verres de Saint-Émilion m'ont presque mise en gaieté.

J'ai pris la plume pour t'écrire gaiement, mais j'ai bien peur d'avoir déjà perdu les illusions du vin.

Nous partons demain matin, madame de G... va vers Toulouse, et nous nous dirons adieu à l'embarcadère. La vie est ainsi faite, et il n'y a que les oiseaux qui voyagent toujours ensemble.

Madame de G... a été pour moi comme une sœur pendant ce rude voyage; aussi, quand tu la reverras, je te permets de l'embrasser une fois..., la seconde fois il y aurait péril en ma demeure. C'est une charmeuse comme Jeanne de T....

Adieu, je ne t'écrirai qu'en arrivant aux

Eaux-Bonnes; je ne doute pas que l'âme ait des ailes, puisque je sens que la mienne revole vers toi, mais je suis bien sûre que mon âme a des bras, puisque je sens que je les ouvre et que je les ferme sur toi.

Marie.

II

Les Eaux-Bonnes, 13 juillet.

Enfin je suis arrivée, mais plus morte que vive.

Dans là diligence de Mont-de-Marsan à Pau, une pauvre jeune femme qui, pour voir les Eaux-Bonnes, venait tout droit de New-York, m'a rendu tout mon courage. Ce ne sont pas les malades qui devraient aller à la source, c'est la source qui devrait venir vers les malades. En attendant ce beau miracle, on affronte,

par ordonnance du médecin, un voyage
mortel.

J'ai eu bien de la peine à trouver une
chambre un peu gaie, on m'a d'abord conduite à celle de cette pauvre Rebecca;
quelle que soit ma sympathie pour sa
mémoire, je n'ai pas eu le courage de
prendre pied dans cette chambre, où Rachel a, peut-être pour la première fois,
donné des arrhes à la mort.

J'ai fini par découvrir une chambre
très-agréable dans la maison Lazare, dont
les fenêtres regardent à grands yeux le
beau milieu d'un jardin anglais. Je dis
jardin anglais, parce que tout le monde
dit jardin anglais, mais c'est là une hy-
perbole pyrénéenne. Quelques arbres
avares, un gazon brûlé, qui ne voit jamais l'eau même quand il pleut, tant le
versant est rapide; cela ne me rappelle

pas du tout ces beaux jardins que j'ai vus quand je suis allée chanter à Londres.

A propos, croirais-tu qu'on est déjà venu me prier de chanter à un concert pour les pauvres, moi qui ne pourrais pas même chanter mon *De profundis!* Je n'ai dit ni oui, ni non. Mais je ne veux te parler ni de mes tristesses, ni de mes désespoirs, ni de mes médecins, ni de ces mauvaises Eaux-Bonnes que je suis condamnée à boire matin et soir, pendant un carême de quarante jours, car je ferai deux saisons ou plutôt deux pénitences.

J'aime mieux te raconter une histoire que je ne sais pas encore, mais qui, j'en suis sûre, est bien touchante. Ceci mérite une explication.

Figure-toi qu'il y a ici la plus douce, la plus charmante et la plus désolée jeune fille qu'on puisse imaginer. Avant de la voir, je ne m'intéressais qu'à moi ; depuis que je l'ai vue, je ne m'intéresse plus qu'à elle.

Elle s'appelle Antonine, elle a de grands yeux bleus demi-voilés par des cils noirs, ce qui lui donne dans sa pâleur une expression étrange. Je ne sais rien de plus triste que son sourire, et pourtant elle a de si belles dents ! mais la vie abandonne ses lèvres qui sont tour à tour blanches et noires. Elle passe toutes ses matinées sous un tilleul du jardin anglais : elle y vient avec sa mère ou avec sa femme de chambre, elle ne parle presque jamais, elle apporte un livre, je ne sais lequel, mais qu'importe ! car le vrai livre qu'elle lit, c'est son cœur ; je me reconnais là, moi qui ne lis plus que mon roman à moi. Qu'y a-t-il dans son cœur ? Rien, peut-être, que le chagrin de mourir bientôt.

III

Les Eaux-Bonnes, 17 juillet.

J'ai eu tout à l'heure, avec mon médecin, une conversation qui m'a glacée. Nous étions tous les deux appuyés à la fenêtre :

—Connaissez-vous cette jeune fille? lui demandai-je.

—Oui, me répondit-il, c'est mademoiselle Antonine. Pauvre enfant! j'ai été appelé hier en consultation pour décider si elle devait continuer à boire deux demi-verres d'eau par jour.

—Vous n'êtes pas son médecin?

—Non; je l'ai vue hier pour la première fois; j'espère ne pas être appelé auprès d'elle, car je n'aime pas donner des passe-ports pour l'autre monde.

—Pouvez-vous parler ainsi, docteur; est-il possible que cette pauvre fille soit si malade?

—Oui, c'est la jeunesse seule qui vit en elle, le moindre choc va la tuer; hier, le cœur ne battait plus ou battait trop fort, je ne m'explique pas comment elle est là ce matin.

—Elle est là parce qu'elle veut vivre et qu'elle se moque des ordonnances des médecins.

—Elle ne s'en moquera pas longtemps; si j'étais son médecin, je l'enverrais tout de suite à Saint-Christofle.

—Qu'est-ce que c'est que St-Christofle?

—C'est la terre promise de ceux qui s'en vont, car je vous dirai, ma belle dame, qu'on ne meurt jamais aux Eaux-Bonnes; on y rend l'avant-dernier soupir, mais le dernier est pour Saint-Christofle.

—Eh! pourquoi n'a-t-on pas le privilége de mourir aux Eaux-Bonnes, si on a fait son testament et si on a reçu l'extrême-onction?

—C'est que rien n'est fatal comme l'exemple; c'est que si on voyait les gens mourir ici, on perdrait courage et on mourrait, ce qui ne serait pas l'affaire des médecins; aussi les cloches ne sonnent jamais pour les morts ici.

—Je croyais que Rebecca....

—Chut! elle est morte ici, mais les malades n'en ont rien su; on a cru que mademoiselle Rachel emportait sa sœur vivante encore.

Je tressaillis.

—Docteur, docteur, faites-moi la grâce de m'envoyer mourir à Paris, ne me condamnez pas à Saint-Christofle.

J'avais deux larmes dans les yeux.

—Vous pleurez, madame?

—Oh! ce n'est pas pour moi que je parle, c'est pour cette jeune fille; mais voyez, docteur, elle vous regarde et vous fait signe.

Mon médecin salua Antonine.

—Adieu, me dit-il, je vais aller causer avec elle un instant, car il me reste cinq minutes avant ma consultation.

J'aurais bien voulu aussi causer avec Antonine, il me semble que j'ai retrouvé une sœur. Qui nous dira jamais le miracle des sympathies? Hélas! je ne la retrouve que pour la perdre; c'est étrange comme cette jeune fille prend toute ma pensée; toi-même tu disparais presque devant elle; il est vrai que tu es si loin, je me trompe, que je suis si loin de toi!

Je monte tous les jours à cheval. J'ai trouvé ici une bête charmante, un peu capricieuse, mais toujours douce à ma voix. Je l'entends qui piaffe à la porte.

Adieu! faut-il que je t'embrasse? Mais que ferais-tu d'un baiser qui serait deux jours à arriver jusqu'à toi?

MARIE.

IV

Eaux-Bonnes.

Je me suis remise à lire. Je n'ai plus le
courage d'apprendre mes rôles. Je vais
bien te surprendre en te disant quels
livres. Ni Balzac, ni George Sand, ni
Gozlan, ni Théo, ni Janin, ni toi. On m'a
donné ici les sonnets de Michel-Ange, en
me disant que j'étais une Vittoria Colon-
na. Toi qui connais Michel-Ange peintre
et sculpteur, le connais-tu poëte ? Tu de-
vrais me traduire en vers ce beau sonnet :

LA BEAUTÉ.

La puissance d'un beau visage me transporte
vers le ciel, car il n'est rien, sur la terre, qui pour
moi ait autant de charme, et je m'élève, vivant,
parmi les élus.

La créature s'harmonise si bien avec le Créa-
teur que, par cette divine comparaison, je re-
monte jusqu'à lui.

Et toutes mes pensées s'inspirent de lui, pendant que je brûle d'amour pour une noble
femme.

Si je ne puis détourner mon regard de ses yeux,
c'est que j'y reconnais la lumière qui me montre
le chemin conduisant à Dieu;

Et si je brûle enflammé par leur éclat, c'est que
je sens au fond de ma noble passion rayonner,
ineffable, la joie éternelle qui rit dans le ciel.

N'est-ce pas que c'est beau la beauté,
quand c'est Michel-Ange qui la voit?

J'ai lu le sonnet à mon médecin, et il
m'a apporté le revers de cette divine mé-

daille, c'est-à-dire cette page qu'il a co-
piée je ne sais où :

« Et tu penses, insensé, disait Socrate à Xéno-
« phon, que les baisers amoureux ne soient pas
« envenimés à cause que tu n'en vois pas le poi-
« son ? Sache qu'une belle personne est un animal
« plus dangereux que les scorpions, parce que
« ceux-là ne nous peuvent blesser s'ils ne nous
« touchent ; mais la beauté nous frappe sans nous
« approcher : de quelque endroit que l'on puisse
« l'apercevoir, elle lance sur nous son venin et
« nous renverse le jugement. C'est pour ce sujet
« que les Amours sont représentés avec des arcs
« et des flèches : un beau visage blesse de loin.
« Je te conseille donc, Xénophon, quand tu décou-
« vriras quelque beauté, de t'enfuir sans regarder
« derrière toi. »

Il est vrai que Socrate regardait Xan-
thippe. Ne va pas mettre en vers les idées
de Socrate.

Tu sais que tout le monde ici est à mes
pieds et que je ris de tout le monde.

Pourquoi, moi qui ai été cruelle envers moi-même en me condamnant à vivre six semaines sans toi, ne serais-je pas cruelle aussi pour tous ceux qui disent, dans leur rhétorique amoureuse, qu'ils jettent leur cœur sous les pieds de mon cheval ?

Sais-tu ce que j'aime ici ? Ce sont les arbres. Oh ! oui, j'aime mieux les arbres que les hommes. C'est à l'ombre des hommes qu'il ne faut pas s'asseoir ! Les arbres ne me chantent pas cette éternelle chanson : *Comme vous êtes belle !* sur l'air d'un pauvre qui demande un sou ; ils me chantent je ne sais quelles douces symphonies du pays de la mort. J'ai beau m'asseoir sous les hêtres, ce sont toujours des pins que je vois. C'est un arbre architectural, mais c'est l'architecture en deuil. Ces rochers à pic, dominés par les pins, on dirait des tombeaux.

V

Les Eaux-Chaudes, 26 juillet.

Le nom de Rebecca est encore ici tout retentissant, ç'a été une vraie tragédie que l'heure de sa mort; on raconte encore tous les jours le suprême désespoir de mademoiselle Rachel, sa pâleur, ses larmes dévorées; on ne l'avait jamais vue si belle que dans cette douleur qui lui donna le premier coup de la mort; c'était, je crois, le premier malheur qui jusqu'alors frappât la grande tragédienne. Depuis le commencement jusqu'à la fin, elle avait couru gaiement tous les triomphes; c'était la première fois qu'elle traversait la France sans s'inquiéter de son répertoire. Dieu lui montrait qu'il n'y a pas que Corneille et Racine pour remuer le cœur. Et cette pauvre Rebecca! elle avait toutes les peines du monde à comprendre pourquoi elle allait mourir; elle qui voulait vivre, elle qui avait un amour au cœur; mais tu sais mieux que moi l'histoire de Rebecca; ce n'est pas celle-là que je veux te dire.

Ce matin je traversais le jardin au bras du docteur, il a salué cette belle Antonine. Elle a fait un pas à sa rencontre, elle lui a souri d'un si charmant sourire que j'en ai eu ma part.

— N'est-ce pas, m'a-t-elle dit d'une voix émue, que s'il n'y avait pas de médecins, il n'y aurait pas de malades?

—Mademoiselle, je partage cette belle opinion.

—Ainsi, reprit Antonine, on nous envoie aux Eaux-Bonnes, entre les torrents, les rochers, la neige et les ours, au lieu de nous envoyer nous promener au Bois de Boulogne ou aux Champs-Élysées; car si le docteur n'était pas là, je ne craindrais pas de dire que Paris est le pays le plus hospitalier à ceux qui souffrent....

A ces derniers mots, la figure d'Antonine, légèrement rosée, se couvrit d'une pâleur livide.

Sa mère, qui la suivait de près, tout en lisant un roman de Balzac, nous joignit alors.

—Docteur, dit-elle sans autre préface, avez-vous lu *le Lys dans la vallée?* est-il rien de plus ennuyeux au monde? Il faut être aux Eaux-Bonnes pour lire jusqu'au bout de pareils livres ; moi je n'aime pas les romanciers qui cherchent midi à quatorze heures.

Le docteur, qui a de la littérature, répondit gravement que *Midi à quatorze heures* était le titre d'un roman de Karr, qu'il conseillait de lire.

—Ah ! ne me parlez pas de tous ces gens d'esprit, j'aime mieux *la Dame au gant noir*. Comment trouvez-vous ma fille ? Ninine, comme tu es pâle ! En voilà une qui cherche midi à quatorze heures ! On ne me fera jamais croire qu'elle a mal à la poitrine ; que voulez-vous ? c'est une statue ; jamais elle n'a rien dit : elle me soutient qu'elle n'a pas de chagrin, et moi je soutiens qu'elle en a.

La figure d'Antonine prit tout d'un coup une expression de gaieté enfantine.

—Du chagrin, maman, dit-elle, pourquoi aurais-je du chagrin ? ne m'aimes-tu pas plus que tout au monde ? même plus que tes romans ? Que manque-t-il à mon bonheur ! le ciel est bleu, les musiciens vont monter sur leurs estrades, on ne me trouve aujourd'hui que quatre-vingts pulsations !

Antonine avait pris un air tristement railleur.

—Et tu ne me parles pas de ta sœur qui arrive demain ?

—C'est vrai, dit Antonine qui ouvrait ses grands yeux comme si on l'eût soudainement réveillée.

—Ah ! reprit-elle, si j'avais la force, j'irais lui cueillir son bouquet de mariage sur les rochers de la promenade Horizontale.

—Ah ! mon cher docteur, vous ne savez pas quelle joie nous aurons à nous em-

brasser toutes les trois, car il y a six semaines que cela ne nous est arrivé.

Et la mère nous raconta, comme si elle
eût joué aux propos interrompus, le mariage de sa première fille avec un jeune
attaché d'ambassade qui, depuis le jour
du mariage, avait couru le monde avec sa
jeune femme.

—Voilà, dit-elle, une lune de miel qui
fait du chemin; ils sont heureux aux quatre points cardinaux. Ah! le beau temps,
quand on est jeune et qu'on n'a pas d'autre souci que de s'aimer!—Il me vient
une idée, docteur, j'aurais dû marier Antonine le même jour que Julia.

—Tu es folle, maman, et un mari?

Je remarquai que le cœur d'Antonine
battait violemment.

—Puisqu'il voulait d'abord t'épouser,
j'en aurais trouvé un autre pour ta sœur.

J'avais compris que le mal de cette jeune fille était une peine de cœur et un secret caché.

Ma femme de chambre vint m'avertir que les chevaux étaient sellés, et que notre écuyer, un *mayor* à tous crins, faisait sonner ses éperons dans son impatience; je saluai la mère et la fille, je tendis la main au docteur et je m'élançai, un peu moins légère que mademoiselle Livry, sur ma douce bête si familière aux routes escarpées, qui m'emporta aux Eaux-Chaudes, d'où je t'écris cette lettre avec la plus mauvaise plume qui soit jamais tombée d'une aile d'oie. Faut-il t'embrasser avec cette plume-là ?

Pour tous ces beaux spectacles pyrénéens, je voudrais à côté de moi un autre spectateur que le *mayor*. Viens donc vite. Je me sens, toute seule, comme après la répétition, quand j'avais oublié mon parapluie — certificat de vertu — devant les décors de la *Dame aux camellias* ou des *Filles de marbre*.

Ces grands décors des Pyrénées me font peur dans ma solitude.

MARIE.

VI

Les Eaux-Bonnes, le 10 août 1861.

Vous savez, monsieur mon ami, que
vous ne m'écrivez pas, ou plutôt vous ne
le savez pas; c'est bien la peine d'avoir un
homme de lettres pour correspondant in-
time! décidément, il n'y a au monde que
les hommes de lettres qui n'écrivent pas
de lettres. Vous êtes bien heureux que
j'aie une histoire à vous raconter, sans
cela vous n'auriez de moi ni vent ni nouvelle; mais, d'ailleurs, je ne veux pas vous

dire un seul mot de ma santé; je suis peut-être mourante, qu'est-ce que cela vous fait? vous respirez, sans doute, à Paris, un bouquet de jeunesse, sans vous inquiéter du tombeau qui s'ouvre.

N'est-ce pas que, si vous ne voulez pas vous souvenir de moi, vous avez quelque sympathie pour cette pâle et douce Antonine? Elle est si belle que je suis toujours à la regarder. Vous savez si j'aime la beauté. Il me semble que c'est l'image des dieux. C'est déjà une vertu que d'être belle, comme c'est déjà une beauté que d'être vertueuse.

Depuis quelques jours, je vous l'ai dit déjà, je ne vis plus pour moi, mais pour Antonine.

Je me doutais bien que sous cette beauté visible il y a une âme ; sous cet horizon bleu, il y a des orages. Ici, tout le monde,

en la voyant passer, s'imagine voir une de
ces belles créatures nées pour mourir sans
avoir traversé les passions. Il y a tant
d'angélique pureté sur son front et dans
ses yeux! Et pourtant, si les passions
avaient troublé son âme? Si ces airs
d'ange cachaient un ange déchu?

Écoutez donc son histoire.

Hier, sa mère a voulu aller à Pau, à la
rencontre des jeunes mariés, car c'est pour
elle une fête de changer de place. A peine
descendait-elle la montagne qu'Antonine
a été saisie d'une crise violente; la femme
de chambre traversa tout éperdue le jardin anglais, à la recherche d'un médecin.

—Oh! madame, me dit-elle en me
voyant descendre de cheval, puisque vous
voilà revenue, je vous en supplie, courez
chez mademoiselle Antonine.

Et tout aussitôt, sans m'inquiéter de

mon amazone, je montai dans la chambre de la jeune fille; je la trouvai dans son lit, tour à tour dans la pâleur de la mort et dans les secousses de la fièvre.

—C'est vous, me dit-elle en me tendant la main; le croyez-vous? je vous attendais.

Je la remerciai d'avoir pensé à moi; je lui dis que, du premier jour de notre rencontre, j'avais senti que je retrouvais une sœur.

—Oh! oui, me dit-elle vivement; Dieu nous a donné des sœurs qui ne comptent pas dans la famille... Ah! j'étouffe, j'étouffe, ouvrez la fenêtre... je ne veux pas mourir encore....

Un orage avait passé sur les Eaux-Bonnes, il n'y avait pas une bouffée d'air à respirer, les éclairs sillonnaient encore le ciel.

—Reprenez courage, Antonine, vous ne mourrez ni aujourd'hui, ni demain, mon médecin m'a dit que j'étais plus malade que vous; cependant j'ai la prétention de devenir grand'mère, songez donc que ce soir même ou demain de bonne heure, votre sœur va vous arriver toute en fête, sa joie rejaillira sur vous, rien n'est bon comme l'atmosphère de gens heureux. C'est le soleil après la pluie.

Et autres belles phrases toutes faites.

A cet instant, une expression de désespoir contracta les lèvres d'Antonine.

—Chut! me dit-elle.

Et elle poursuivit, en me disant tout bas : — Vous ne comprenez donc pas que c'est cela qui me tue !

Je comprenais presque. Je la regardai en silence, osant à peine l'interroger par mes regards.

—Oh! mon Dieu, reprit-elle, pourquoi vous ai-je dit cela, ce n'est pas ma faute, je suis à moitié folle.

—Chère enfant, lui ai-je dit, ne craignez rien si j'ai votre secret.

—Mon secret!

Et elle cacha sa tête dans ses mains.

—Oui, repris-je, j'ai compris que votre sœur vous a pris votre place.

—Ne l'accusez pas, c'est ma faute, j'ai mieux aimé le sacrifice que l'amour lui-même; mais l'amour m'eût fait vivre, et le sacrifice m'a tuée.

Antonine porta la main sur son cœur.

—Tenez, me dit-elle, dans ce cœur de vingt ans, il y a un enfer.

A cet instant, la femme de chambre revint et annonça que le docteur ***, le seul qui fût libre, était au bas de l'escalier.

—Non, non, je ne veux pas voir celui-là, c'est le médecin de la mort ; redescendez tout de suite, Éléonore, pour le remercier et lui dire que je viens de m'endormir.

—Vous avez bien raison, dis-je à Antonine, il y a des médecins qui apportent la mort, comme il y en a qui apportent la vie.

—Vous, madame, me dit la jeune fille en me tendant la main, vous êtes une fée de bon augure, depuis que vous êtes là je vais mieux.

—Savez-vous, repris-je en essayant de sourire, je commence à croire que vous n'êtes pas malade du tout ; vous avez un point noir dans le cœur, comme on voyait tout à l'heure le ciel obscurci de nuées. Quand vous aurez pleuré sur le sein d'une amie, l'orage fondra et vous reviendrez à vous.

La femme de chambre venait de rentrer.

—Éléonore, lui dit Antonine, madame m'a promis de rester toute une heure avec moi, retirez-vous dans votre chambre, je vous rappellerai si j'ai besoin de vous.

Éléonore s'éloigna avec quelque surprise, quoiqu'elle fût habituée aux caprices maladifs de sa jeune maîtresse.

—Enfin, murmura Antonine, je puis parler en liberté; je vais vous paraître bien extravagante, car je n'ai pas la force de coudre deux idées avec quelque raison.

—Je vous écoute de toute mon âme.

—Eh bien, voilà mon histoire :

« Je ne sais pas si je suis Française ou
« Havanaise. Je suis venue si jeune à
« Paris, que toutes mes racines sont en
« France; bien mieux, mon père et ma
« grand mère y ont leur tombeau. Paris!

« c'est aujourd'hui l'ancien et le nouveau
« monde, on peut bien naître et mourir
« en Amérique, mais quand on a le mal-
« heur ou le bonheur d'être riche, c'est à
« Paris qu'il faut vivre, du moins c'était
« l'opinion de mon père qui n'avait pas
« d'autre opinion que celle de maman.
« Mon pauvre père! cette opinion l'a
« perdu; maman, dans sa fureur du
« monde, l'a obligé à courir les fêtes;
« tous les soirs, durant l'hiver, elle ne se
« contentait pas de sortir sept fois par
« semaine, elle allait dans trois ou quatre
« bals par soirée; mon père dormait de-
« bout, mais il fallait qu'il marchât; il
« fallut même, un certain soir, danser le
« cotillon; l'été, on retournait à Paris, à
« Bade ou à Dieppe, ou bien on louait
« un château et on hébergeait vingt per-
« sonnes; vous avez vu ma mère, ma-

« dame, elle ne vit pas quand elle est
« seule ; le jour où elle ne fera pas quel-
« que folie, on la trouvera morte. Par-
« donnez-moi de vous dire cela, mais je
« pense tout haut devant vous.

« On put croire que le malheur qui
« nous frappa si douloureusement, il y a
« deux ans bientôt, la mort de mon père,
« mettrait un peu de sérieux dans le cœur
« de maman ; mais si on la trouva pensive,
« c'était surtout parce qu'elle se préoccu-
« pait de ses chapeaux et de ses robes de
« deuil, et pourtant c'est la meilleure
« femme du monde ; quand elle pleure, ce
« sont de vraies larmes ; si je meurs, elle
« sera désespérée, mais huit jours après,
« elle aura une longue discussion avec sa
« couturière. Que voulez-vous ! Dieu l'a
« faite ainsi, c'est le sable qui ne garde
« pas l'empreinte ; il serait plus facile d'é-

« crire sur les vagues que de marquer
« quelque chose dans son cœur. Quand
« mon père fut à son dernier jour, il nous
« dit, à ma sœur et à moi : « Mes enfants,
« aimez bien votre mère, mais n'ayez pas
« comme elle la fureur du monde ; si vous
« devenez mères de famille, retenez bien
« ceci, c'est un de nos proverbes : *La*
« *maison, c'est le paradis quand il y a*
« *des enfants.* »

« Le pauvre homme, ce fut la seule
« fois qu'il se plaignit de ma mère ; il y
« en a qui meurent sur le champ de ba-
« taille et qui ne sont pas plus héroïques.
« Vous direz qu'il était fou, un fou su-
« blime, car il avait juré que ma mère
« serait heureuse : il a tenu son serment !

« Ma sœur sera sans doute heureuse.
« La pauvre Julia ! Elle fut longtemps si
« faible que le premier chagrin de la vie

« devait la tuer. Elle était belle, mais dans
« la pâleur des prédestinées. Elle aime à
« courir le monde, comme ma mère. Moi,
« je suis bièn la fille de mon père ; si j'ai
« déjà beaucoup couru le monde, ça été
« pour ne pas empêcher ma sœur de mon-
« trer sa beauté. Ah ! si Dieu m'avait
« fait vivre dans quelque vallon ignoré,
« comme une simple paysanne, avec quelle
« joie j'eusse bruni mes mains au soleil
« par quelque travail aimé du ciel. Je n'ai
« jamais vu passer de moissonneuse, riant
« en soulevant la gerbe, sans éprouver un
« serrement de cœur. On m'a dit que
« j'étais belle ; si j'avais un blason j'y des-
« sinerais une violette, car je suis de celles
« qui se cachent et qui aiment l'oubli.

« Je crois que je vous ennuie par toutes
« ces réflexions, j'ai pris le chemin des
« écoliers tant j'avais peur de vous dire

« tout d'un coup ce que j'ai dans le cœur ;
« c'est un amour impossible, violent, dé-
« sordonné. Plaignez-moi et ne me con-
« damnez pas s'en m'entendre : j'aime le
« mari de ma sœur. »

Antonine se cacha la tête sur son oreiller.

—Pauvre enfant! dis-je en lui prenant
la main et en baisant ses beaux cheveux.

—Oui, pauvre enfant! dit-elle, car je
n'ai plus qu'à mourir et pourtant je veux
vivre assez pour le voir encore. Voilà
que je vous ai confié ce que je n'ai dit à
qui que ce fût, pas même à ma mère, pas
même à Dieu, car à Paris mon confesseur
est un ami, qui aurait peut-être empêché
le mariage de ma sœur.

—Mais comment tout cela s'est-il
passé ?

—Voici :

« Nous étions au bal de l'ambassade
« d'Angleterre; au moment de l'entrée
« de la princesse Mathilde, un flot d'en-
« thousiastes me sépara de ma mère et
« de ma sœur, j'eus beau faire, je fus
« plus d'une heure sans pouvoir les re-
« trouver, vous pouvez juger de mon
« chagrin, sans compter que dans ce beau
« désordre je ne trouvai pas à m'asseoir;
« j'étais désolée, j'allais, je venais, tout en
« me cachant la figure de mon éventail.
« Il était impossible de traverser le pre-
« mier salon, ma mère était d'un côté et
« moi de l'autre; tout le monde avait l'air
« de se demander,—du moins je me le
« figurais, — pourquoi cette jeune fille
« courait ainsi le bal toute seule. Deux
« imbéciles se permettaient de faire de
« l'esprit sur mes airs effarouchés; je ne
« voulais pas écouter ce qu'ils disaient,

« mais un jeune homme qui se trouvait
« près d'eux écouta mieux que moi ; car
« tout à coup il leur remit sa carte à tous
« les deux et leur demanda sans jactance,
« avec une grande dignité, à quelle heure
« ils rendraient raison d'une insulte faite
« à une jeune fille. Ils voulurent rire,
« mais lui ne riait pas et il leur fallut
« bien prendre la chose au sérieux...

« —Mademoiselle, me dit-il ensuite,
« plus ému de ce qu'il me disait que de ce
« qu'il venait de dire, permettez-moi de
« vous aider à traverser la foule pour re-
« trouver votre mère qui, je le crois, est
« à l'autre porte.

« J'avais rencontré mon maître, il
« parla et j'obéis.

« Le souvenir de cette rencontre, qui
« a été un coup de foudre dans ma vie,
« me semble à cette heure un rêve ina-

« chevé. Je crois toujours me réveiller,
« quand mon esprit me rouvre cette porte
« d'or. Vous comprenez cela, n'est-ce pas?
« car vous avez comme moi une âme de
« feu. Ce jeune homme, c'était la destinée
« qui l'avait mis sur mon passage; vous
« le verrez, il est beau et il a grand air,
« du moins, je le vois ainsi. C'est là
« le privilége de l'amour d'embellir ce
« qu'il touche. Peut-être trouverez-vous
« M. Georges de *** fort laid avec son
« profil accentué; pour moi, il n'est pas
« un fat du Bois de Boulogne digne de
« lui être comparé.

« Mais je me perds dans mon récit. Je
« mis ma main ou plutôt je cachai ma
« main sur son bras, ne sachant pas bien
« ce que je faisais; il me parlait, que di-
« sait-il? Je lui ai sans doute répondu,
« mais que disais-je moi-même? Je me

» rappelle pourtant que nous parlâmes
« musique; c'est le ciel entr'ouvert, il
« ne faut pas de grammaire pour ap-
« prendre cela. Aimez-vous la musique?
« moi je l'aime jusqu'à la mort. Je l'aime
« avec des battements de cœur, je l'aime
« à en pleurer. Savez-vous? je vou-
« drais mourir sur le *Miserere* du *Tro-*
« *vatore*. Il me vient une idée bizarre,
« c'est que les morts, le jour de leur en-
« terrement, entendent mieux que ceux
« qui les pleurent les beaux chants de
« l'église. Pourquoi n'entendraient-ils
« pas la musique? C'est la langue des
« âmes.

« Il se passa bien une demi-heure avant
« que nous retrouvions maman. Que de
« phrases interrompues! que d'horizons
« entr'ouverts; mes pieds ne touchaient
« pas à la terre, et cependant on me mar-

« chait sur le pied à tout instant dans
« cette cohue dorée et tourbillonnante.

« Quand nous rejoignîmes maman, il
« me sembla qu'il n'y avait pas deux mi-
« nutes que je l'avais perdue.

« Maman remercia Georges.

« —Je te croyais envolée dans quelque
« quadrille, me dit ma sœur.

« —Tu ne sais pas ce que tu dis,
« Julia, je n'ai jamais dansé que d'un
« pied.

« —Vous voulez dire d'une aile, mur-
« mura Georges.

« —La danse n'est pas ce que j'aime,
« mais je vous présente à ma jeune sœur
« qui est convaincue que nous n'avons
« été mises au monde que pour danser.

« —Non, dit Julia, pour valser.

« —Eh ! mademoiselle, reprit Georges,
« puisqu'on joue la valse du *Pardon de*

« *Ploermel*, voulez-vous me permettre
« de partir avec vous?

« —Vous reviendrez, dit gaiement ma
« mère.

« Ce mot me fit froid au cœur : *vous
« reviendrez*! Quand ma sœur revint, je
« compris que j'étais jalouse presque
« avant d'aimer; mais la jalousie, c'est
« peut-être le premier mot de l'amour.

« Je payai bien cher mon bonheur
« d'une demi-heure, tous les châteaux
« que j'avais bâtis tombèrent en ruine.
« C'est elle qu'il aimera, me dis-je, elle
« l'a déjà pris par sa gaieté et son es-
« prit. Je suis plus belle, moi, mais je
« suis triste : comme dans la légende,
« mon âme est un oiseau qui ferme tou-
« jours ses ailes.

« Le lendemain, nous rencontrâmes
« Georges au Bois; nous étions en calè-

« che, il était à cheval; il vint faire le
« beau autour de nous. Julia était rayon-
« nante; je m'offensai malgré moi de la
« trouver trop belle; ses coquetteries
« m'impatientèrent, elle jouait de l'éven-
« tail à désespérer Célimène, elle qui la
« veille habillait encore sa poupée.

« Ce qu'il y eut de plus curieux, c'est
« que maman s'imagina que Georges ne
« caracolait que pour elle. Il lui de-
« manda la permission de se présenter
« chez nous le lendemain. Un peu avant
« le dîner, il vint nous conter, avec l'es-
« prit le plus charmant, les belles folies
« de son entourage. Ma mère n'eut pas
« de peine à le retenir à dîner, ce qui vio-
« lait l'étiquette, mais ce qui plut à tout
« le monde.

« Il faut bien vous le dire, nous l'ai-
« mions toutes les trois. Après le dîner,

« il vint quelques visites, ma sœur se mit
« au piano ; ma mère, selon son habitude,
« parla beaucoup sans bien savoir ce
« qu'elle disait, ce qui permit à Georges
« de causer avec moi, sans que personne
« y prît garde. Cependant, à un certain
« moment, une de mes amies me de-
« manda ce que j'avais. J'étais blanche
« comme la mort, mon cœur battait trop
« vite et s'arrêtait tout à coup. Que m'a-
« vait donc dit Georges ? Vous le devinez,
« il m'avait dit : C'est vous que j'aime.
« Je lui avais parlé de ma sœur, de sa
« beauté, de son esprit ; il n'avait pas
« voulu m'entendre, tout en me deman-
« dant grâce pour oser me dire la vérité.
« Qu'on dise encore que l'amour n'a pas
« ses fils électriques ! Comme Georges me
« parlait ainsi, ma sœur, qui jouait quel-
« que air italien, s'arrêta subitement et

« se tourna vers moi avec une étrange
« expression de tristesse.

« La surveille, j'avais dévoré mes lar-
« mes en la voyant valser avec Georges,
« parce que je me disais : *il va l'aimer*;
« or, maintenant qu'il ne l'aimait pas, je
« me sentais tout aussi malheureuse en
« voyant le regard désespéré de la pauvre
« enfant.

« —Elle l'aime, me dis-je, elle l'aime
« à en mourir.

« Et pourtant elle se serait consolée,
« elle !

« —Non, ne m'aimez plus, dis-je à
« Georges, aimez plutôt ma sœur.

« —Pourquoi? me demanda-t-il.

« —Parce qu'elle vous aime, lui répon-
« dis-je.

« —Je comprends, vous ne m'aimez
« pas.

« Je le regardai, avant de lui répon-
« dre, comme pour l'empêcher de croire
« à ce que j'allais dire.

« —Non, monsieur, lui répondis-je
« froidement.

« Georges me regarda d'un œil profond
« et désolé.

« —C'est un coup de poignard que vous
« m'avez donné là, car j'avais trouvé si
« doux de ne plus vivre que pour vous,
« que j'avais, depuis notre rencontre au
« bal, dit adieu à tous mes romans de jeu-
« nesse ; maintenant, je n'ai plus qu'à me
« jeter un peu plus loin dans la mêlée
« pour oublier, si je puis oublier.

« Il prit son chapeau et disparut sans
« détourner la tête.

« Je ne savais plus où j'étais, je ré-
« pondis à tort et à travers pendant le
« reste de la soirée.

« Quand on prit le thé, j'en répandis
« tout une tasse sur ma robe. Enfin on
« s'en alla et on me laissa à ma chère so-
« litude. J'embrassai une fois maman,
« j'embrassai deux fois Julia et j'allai
« me coucher, fière de ma belle action,
« mais désespérée de mon héroïsme. Ah!
« que j'étais forte et faible en même
« temps!

« A peine étais-je couchée que ma sœur
« vint s'asseoir sur mon lit; elle était
« toute pâle encore.

« —Ah! ma chère Antonine, je suis
« bien malheureuse, mets ta main sur
« mon cœur.

« Son cœur, c'était l'enfer avec tous les
« marteaux des démons.

« —Malheureuse, Julia?

« —Oui, M. Georges ne m'aime pas.

« —Georges! qui te l'a dit?

« —C'est lui, puis qu'il ne m'a rien
« dit.

« —Mais tu lui as donc dit que tu l'ai-
« mais?

« —Il le sait bien. Les yeux qui par-
« lent ne se trompent jamais.

« —Eh bien! tu te trompes, Georges
« m'a dit à moi qu'il t'adorait.

« Julia m'embrassa vingt fois, pleurant
« et riant. Moi je ne riais pas! mais j'é-
« tais fière de mon mensonge. La pauvre
« Julia! Je me disais : *cela la fera vivre.*
« Je ne pensais pas à me dire : *cela me*
« *fera mourir.* »

A ce moment, Antonine, qui avait trop
parlé et parlé trop vite, s'évanouit presque dans mes bras. Je lui dis cette bêtise
des gens raisonnables, qu'on ne meurt jamais de chagrin, comme si le chagrin
n'était pas la vraie maladie qui tue sans

miséricorde. Je te vois sourire d'ici, toi qui as dit un jour : *L'homme tue sa passion et ne se tue pas.* Mais rappelle-toi que tu as ajouté : *Pour la femme seule, la blessure au cœur est mortelle.*

Adieu ! Si tu n'as pas encore tué ta passion, je t'embrasse.

VII

Les Eaux-Bonnes, 8 août.

Antonine ne m'avait pas tout dit.

Tout à l'heure, elle m'a rouvert son cœur.

—N'est-ce pas, a-t-elle murmuré, que je suis bien malheureuse... et bien coupable...?

—Coupable d'une grande action.

—Oui, mais vous ne savez pas que j'ai profané mon sacrifice.

—Je ne comprends pas.

Antonine se tut et se cacha le front dans les mains.

—Mais, en vérité, lui dis-je, en la prenant dans mes bras, il n'y a pas de quoi cacher ce beau front *qui ne rougit jamais.*

Elle me regarda avec des yeux voilés.

—Je ne vous ai pas tout dit, murmura-t-elle.

—Dites-moi donc tout, puisque je suis votre confesseur.

Après un silence :

—Pas aujourd'hui, dit-elle, il faut que je reprenne de la force et du courage.

J'essayai un sourire.

—C'est donc bien terrible, pauvre enfant. Je suis sûre que ce sont là des péchés d'imagination.

—D'imagination ! je vous dirai cela ce soir ou demain, vous verrez si je suis coupable, vous verrez si j'ai raison de mourir.

—Mourir ! mais fussiez-vous coupable comme la Madeleine, il faudrait vivre pour pleurer et pour aimer.

Quel est donc le crime de cette pauvre Antonine ? Le devinez-vous, beau criminel, au milieu de ce Paris, qui n'est même pas, comme l'enfer, pavé de bonnes intentions ? Pour moi, je ne le devine pas, j'ai beau chercher par le souvenir dans tous les drames de sentiment que j'ai joués ou étudiés, je ne trouve pas. Qui sait ? je cherche peut-être trop loin, c'est sans doute quelque péché vulgaire ; si Antonine s'en effraye, c'est que son âme est malade comme son corps.

Il pleut ici comme la veille du déluge. A peine si j'ai pu toucher terre une heure depuis deux jours.

Ce qui n'égaye pas *la promenade Horizontale,* — encore un mot de la mort,

—ce sont les prêtres qui la parsèment de robes noires ; mais ils sont gais et semblent s'amuser entre eux. Tout est noir dans ce pays, sapins, prêtres, corbeaux et cochons, sans parler de l'œil des Ossaloises.

Et pourtant, dans ces bois sombres qui montent jusqu'à la neige, on va cueillir les fraises les plus roses et les plus parfumées. Par malheur, messieurs les ours s'en régalent pour leur dessert, et nous n'avons que leurs restes. Vois-tu d'ici ces fins gourmets cherchant des fraises dans la rosée ?

VIII

Les Eaux-Bonnes, 8 août, 3 heures.

Tu recevras deux lettres du même coup, ne lis pas celle-ci sans avoir lu celle que je t'écrivais ce matin.

Je te confie ces derniers mots de la confession d'Antonine. Si je n'avais pas la mauvaise habitude de tout te dire et de penser tout haut devant toi, je garderais ce secret dans mon cœur ; mais, puisque tu as la prétention d'y lire à livre ouvert, tu finirais toujours par tout savoir.

La pauvre fillè! elle a eu la force et le courage: « Je vous dirai tout, » m'a-t-elle dit.

Et voici comment elle a parlé :

« Le sacrifice était consommé. Je vou
« lais que ma sœur fût heureuse, j'avais
« juré à Dieu de tuer plutôt mon cœur
« que de m'abandonner à mes larmes. Je
« croyais qu'on pouvait arracher l'amour
« de sa vie, comme on arrache une page
« d'un livre. Georges avait commencé
« officiellement à faire sa cour à ma
« sœur; le premier jour, il envoya trois
« bouquets : « Tiens, me dit ma mère,
« il y en a un pour chacune de nous,
« prends le tien et mets-le dans l'eau.

« J'emportai le bouquet, je l'appuyai
« sur mon cœur et sur mes lèvres. Vous
« dirai-je que je l'arrosai de mes larmes.
« Hélas! pendant une seconde, je m'i
« maginai que c'était mon bouquet de

« mariée, et je l'embrassai avec frénésie.
« Mais, tout enivrée que je fusse par le
« parfum des lilas blancs, je sentis que
« c'étaient des larmes amères et non des
« larmes de joie que j'avais versées sur
« les fleurs. Tout éperdue, j'ouvris la
« fenêtre et je jetai le bouquet dans la
« rue. Ce pauvre bouquet, comme j'eus
« regret au bout d'un instant, je le vis
« piétiner par un cheval de fiacre. J'étais
« confuse de ma passion, de ma colère,
« de ma faiblesse; je me jurai,—je n'osai
« le jurer à Dieu,—que je serais désor-
« mais forte comme la vertu.

« Quelques jours se passèrent; j'avais
« comprimé mon cœur, je me croyais
« sauvée. J'étais un soir au piano, la nuit
« m'avait surprise et je continuais, pour
« amuser mon âme, je ne sais quelle pa-
« raphrase du *Trovatore*. Georges entra

« dans le salon où j'étais seule : — Bon-
« soir, Julia, me dit-il, de sa voix cares-
« sante.

« Je fus d'abord surprise, mais je m'a-
« perçus alors que la nuit était venue.
« Cependant Georges s'approchait de moi.
« Je continuai l'air commencé; je n'avais
« pas répondu, tant mon âme était loin,
« je ne croyais pas que Georges viendrait
« jusqu'à moi, mais je sentis tout à coup
« ses lèvres sur mes cheveux. Je tressail-
« lis, je voulus parler ou fuir, mais il
« semblait que mon âme n'eût alors au-
« cune action sur mon corps, j'étais im-
« mobile comme une statue; une seconde
« fois, je sentis les lèvres de Georges; ce
« n'était plus mes cheveux qu'il embras-
« sait, c'était mon cou.

« —Oh! ma chère Julia, murmura-t-
« il tout ému, quelle adorable soirée nous

« avons passée hier ! Comme c'est doux
« de nous aimer ainsi !

  « Et il m'embrassait toujours. »

. . . .

Tu comprends que je n'irai pas plus
loin dans le récit de cette scène, je m'ar-
rête juste au point où je m'arrêterais si je
la jouais au théâtre ; tu vois tout de suite
ce qu'il y eut de terrible, de charmant,
d'insensé pour cette pauvre Antonine : on
lui apprenait les joies de l'amour, on lui
disait : je t'aime ! on se jetait à ses pieds,
on l'entraînait dans l'abîme, mais on
croyait parler à sa sœur, mais on croyait
aimer sa sœur ! Elle m'a juré que ç'a-
vait été pour elle un rêve étrange où elle
avait traversé le chaos des joies et des angoisses, tu sais, ces rêves où on sent bien
qu'on rêve, mais dont on ne peut se dé-
livrer. Elle se sentait étreinte dans les

flammes vives, mais son esprit seul vivait. La passion l'avait prise et l'entraînait malgré elle.

Elle se réveilla ou plutôt elle finit par comprendre son crime; elle eut horreur d'elle-même, elle s'enfuit épouvantée, elle se cacha dans sa chambre et voulut mourir.

Dès ce jour, la fièvre s'empara de ce pauvre roseau et le plia à demi. Elle ne voulut plus revoir Georges, elle ne voulut plus se voir elle-même.

Vinrent les médecins.

—Je ne sais pas ce que j'ai, dit-elle, mais je sais que je vais mourir.

On conseilla un voyage, l'air des montagnes; voilà pourquoi elle vint aux Pyrénées.

Tu sais maintenant toute son histoire. Encore une qui sera tuée par l'amour. Et on dira gravement : elle est morte de la poitrine!

Pauvre Antonine! Elle va s'envelopper dans son rêve commencé et s'en ira comme toutes celles qui ont péché, sans presque le savoir, dans ce purgatoire qui n'est ni le ciel, ni la terre, où j'irai la retrouver bientôt, car j'oubliais de te dire que je meurs deux fois, mais surtout du mal de l'absence!

Et pourtant, depuis l'arrivée de l'Impératrice, les Eaux-Bonnes n'ont jamais été à pareille fête. On est obligé de se loger sur les branches des arbres ou dans le creux des rochers. Tous les jours, de brillantes cavalcades bravent les orages; tous les soirs, les Lamazou chantent des sérénades au soleil qui ne se montre pas et à l'Impératrice qui ne se montre guère. Si le soleil ne fait pas de bien en ne se

montrant pas, l'Impératrice en fait beaucoup en se cachant. Elle court les montagnes sans écrire son nom sur son simple
chapeau à la Louis XIII. Je vais te dire
une jolie histoire à la Henri IV :

L'Impératrice gravissait le pic du Ger
en vraie montagnarde, un bâton à la main.
Elle rencontre une Ossaloise qui cueillait
des fleurs de tilleul.

—Que cueillez-vous là, ma bonne
femme ?

—Eh! madame, c'est du tilleul.

—Voulez-vous me vendre ce que vous
avez cueilli là ?

—Oh! madame, ce n'est pas la peine,
car il n'y en a pas pour trois sous.

Sa Majesté prend les fleurs et donne
trois louis. Comme elle s'éloignait, la
paysanne la saisit par le bras.

—Eh! madame, je ne connais pas cette

monnaie là. Je n'ai jamais vu de si beaux sous! Seriez-vous la femme de l'Empereur?

—Oui, je suis la femme de l'Empereur, dit l'Impératrice avec son beau sourire.

—Eh! comment va votre homme?

—Mon homme va très-bien, et le vôtre?

—Le mien? il est là-bas qui fait des fagots avec ses trois enfants.

—Trois enfants! dit l'Impératrice, il faut que je vous donne encore trois sous pour vos trois enfants.

Heureuse femme qui fait des fagots et qui a trois enfants!

Viens vite que nous fassions des fagots.

Veux-tu que je te fasse ta géographie pour venir aux Eaux-Bonnes? Mais, comme le petit Poucet, tu laisserais manger mes miettes aux oiseaux. Si tu es un bon chien, tu reconnaîtras mon chemin. Je te dirai que j'ai chanté à l'hôtel des Princes pour les pauvres de la vallée, et que les oisifs, pour se distraire, m'ont offert un banquet. Ça était gai un instant, parce que deux aimables vagabonds, armés de guitares, ont imité l'un le chant des oies et des rossignols, l'autre le chant des cochons et des serins. Pendant tout le festin, je songeais à mes dîners du vendredi où j'avais l'art si rare à Paris (tu ne t'en es jamais étonné!) de mettre à la même table Sainte-Beuve, Dumas, Nieuwerkerke, Delacroix, Girardin, Gozlan, Meyerbeer, Scribe, le prince de Polignac, Ponsard, Théophile, Beauvoir, Gérôme, Roqueplan, Saint-Victor, About, le prince de Villa-Franca, Brohan, Esther, Rachel, Jeanne, Albéric, Sandeau, le duc de Valmy, Augier et ce brave Seymour

qui jouait si souvent le rôle du quator-
zième convive.

Si je ne revois pas mes amis, dis-leur
adieu pour moi.

P.-S.—Scribe est ici, Gounod va venir.
Scribe me fait un rôle, Gounod me fera
un *De profundis.*

IX

Les Eaux-Bonnes, 9 août.

Te souviens-tu de mon histoire d'Antonine? Te souviens-tu de moi? As-tu lu
ma lettre? On m'écrit que tu penses à
moi au Château des Fleurs! Je continue
pour moi, sinon pour toi.

Antonine a revu sa sœur. Cette jeune
fille si pâle, qui allait mourir au premier
vent d'orage, est aujourd'hui une belle
mariée qui rayonne de joie et de santé. Le
bonheur donne donc ces airs triomphants?

N'oublie pas que je suis un peu malade.

La première entrevue a été terrible, car Antonine a voulu cacher son cœur et son cœur a éclaté. Ni la jeune mariée, ni la vieille folle de mère n'ont compris. Mais je me trompe bien si le jeune homme n'a pas deviné. Il est triste, cela me fait du bien. Je ne lui pardonnerais pas son bonheur, s'il le montrait. Mais est-il heureux? J'en doute. Il n'y a pas de bonheur, s'il faut heurter une tombe du pied.

Antonine a le courage de son sacrifice. Elle masque son mal. Elle a l'héroïsme de dire que ça va bien. Hélas! elle a monté en calèche pour aller aux Eaux-Chaudes. La pauvre enfant! quoique tout encapuchonnée, elle a pris froid au Pont du Diable. On l'a ramenée mourante, mais souriant toujours.

—Portez-moi là haut, a-t-elle dit

à son beau-frère, en arrivant à l'hôtel.

Il l'a soulevée comme une plume,— comme un ange qui s'envole, — et il a monté lentement l'escalier.

Elle m'a dit ce matin qu'elle avait espéré mourir dans ses bras.

Comme j'étais avec elle, le prêtre est venu. Elle s'est confessée et a communié. Les jeunes mariés étaient allés avec la mère à la cascade du Gros-Hêtre. Je suis revenue après la communion.

—Oh! mon Dieu, murmura tout à coup Antonine, j'ai oublié de dire que j'avais voulu mourir dans les bras de Georges.

—N'ayez pas peur, Dieu pardonne ces choses-là.

J'étais si triste que je ne trouvai pas un mot d'espérance.

—Le médecin, me dit-elle, trouve que l'air est trop vif pour moi aux Eaux-

Bonnes; on veut que nous allions je ne sais où, à Saint-Christofle.

—N'y allez pas! m'écriai-je. Et me reprenant aussitôt.—Retournez tout simplement à Paris; oubliez votre cœur en route et vous irez très-bien.

—Vous avez raison, je veux retourner à Paris.

Comme toutes celles qui vont *mourir*, elle veut *partir*. La mort donne toujours l'idée des voyages, comme si on pouvait la fuir; mais elle nous chasse ici et nous attend là-bas.

Moi aussi je songe à partir, mais je crois que c'est l'amour qui me chasse et que c'est toi qui m'attends. Tu sais que ma fête est le quinze août. Si tu n'es pas ici ce jour-là, je laisse à mes pieds tous les bouquets qu'on me cueille ici; je prends la poste et j'arrive quatre à quatre.

X

Les Eaux-Bonnes, 12 août.

Je t'écris ce mot, espérant que tu seras en route et que je te dirai moi-même ce qui s'est passé; mais si je ne t'écrivais pas cette lettre, qui n'arrivera qu'après ton départ, il me semble que tu ne serais point parti.. O superstition des amoureux!

Eh bien! la pauvre Antonine! elle s'est laissée conduire à Saint-Christofle. Ce départ était comme un enterrement. On la pleurait comme si elle eût monté dans le char funéraire. Elle était blanche comme son burnous. Je m'étais approchée, quoique la mère ait dit à ses filles que je n'était pas de leur monde. Mais Antonine a dit à sa mère : — Puisque je suis déjà de l'autre monde !—Elle m'a tendu la main et a voulu m'embrasser, ce qui a surpris les curieux. Le prêtre était là ; il a compris.

Elle est donc partie avec toutes nos bénédictions.

—Je reviendrai, m'a-t-elle dit.

—Nous nous reverrons à Paris.

—A Paris ou ailleurs, nous nous reverrons.

Crois-tu à l'immortalité de l'âme? J'y crois, comme je crois en Dieu, mais je suis effrayée des cent mille millions de mondes qui nous appellent dans l'infini. Qui sait si la mort ne m'enverra pas dans Saturne quand tu partiras pour Jupiter?

Et alors ce sera l'enfer — dans Saturne.

J'ai bien peur aussi de ne jamais revoir cette douce victime qui vient de s'exiler au ciel.

Pauvre Antonine ! Elle est morte en arrivant aux premières maisons de Saint-Christophe.

Elle étouffait, Georges lui soulevait la tête.

—Je comprends, dit-elle en essayant un dernier sourire. Les médecins trouvaient aux Eaux-Bonnes l'air trop vif pour moi : à Saint-Christofle, il n'y a pas d'air à respirer.

Et comme elle étouffait toujours, on ouvrit les deux portières de la voiture. Elle dit tout à coup :

—J'ai froid.

Et elle s'abrita sur le sein du jeune homme.

Elle mourut dans ses bras.

C'est lui qui m'a dit cette fin à son retour ici. Il venait chercher des robes et des papiers oubliés dans les angoisses du départ pour Saint-Christofle.

Ces robes, qui sont pour lui le deuil en rose, il les embrasse et les mouille de larmes.

On va partir pour Paris. Georges a été touché de mon vrai chagrin et il m'a donné un souvenir bien cher d'Antonine : *l'Imitation de Jésus-Christ* avec ce dernier adieu de cette adorable amie d'une heure : *Adieu ! à vous ce livre où j'ai trouvé la vie dans la mort. Jésus est un ami toujours fidèle pour qui peut l'appeler son Sauveur.*

Pendant que je déchiffrais ces lignes écrites d'une main mourante, Georges pleurait.

—Pauvre Antonine ! murmurait-il, je la sentirai toujours sur mon cœur toute brûlante et toute glacée.

Si elle a entendu cette parole, elle est consolée.

Tu sais l'histoire ; si je l'ai bien contée, tu vois qu'il faut encore croire aux femmes. Pauvre Antonine ! Elle part aujourd'hui pour Paris avec sa mère, sa sœur et Georges, mais elle voyage seule !

Qui sait si son âme n'est pas du voyage, comme son pauvre corps tout blanc couché dans un cercueil ! Qui sait si la douleur cachée de Georges ne la console pas d'être morte si jeune !

N'est-ce pas toi qui as dit : *Les rêves commencés sur la terre s'achèvent dans le ciel, — s'ils s'achèvent !*

Hier je ne t'ai pas écrit, parce que j'ai failli mourir moi-même.

Adieu, je t'attends.

Tu sais que le 15 août, c'est ma fête.

Même pour pleurer, je ne veux pas être seule ce jour-là.

Viens ou je pars.

N'oublie pas que c'est toi qui as écrit : *Les grandes passions prennent leur source dans l'amour et se jettent dans la mort.*

MARIE.

FIN DE LA CONFESSION D'ANTONINE.

APPENDICE

MARIE GARCIA

PAR

MADAME JEANNE FAVRE

Je ne veux pas dire ici l'histoire de mademoiselle Marie Garcia. Je ne sais pas écrire. J'ai
peint son portrait aux trois crayons et en mi-
niature (Exposition de 1861 et 1864), et je la
connaissais bien. Elle m'a parlé avant de mourir
d'un petit roman qu'elle avait déjà lu à quelques
amies : à madame Jeanne de T—, à madame
Anna Du V—, à madame Esther G—, qui lui dit :
« Ma chère Marie, je ne croyais pas que le cœur
eût tant d'esprit, ou plutôt que l'esprit eût tant
de cœur. »

Mademoiselle Marie Garcia ne survécut guère

à son héroïne. Son roman à elle est plus touchant encore, mais qui le dira?

Le 20 décembre, on lisait dans *la Presse :*

« C'était à l'Odéon que débutait, il y a sept ans, dans la fleur de sa beauté et de sa jeunesse, cette jeune comédienne qui vient de s'éteindre, après la plus douloureuse et la plus lente agonie. J'y vois encore mademoiselle Marie Garcia jouant *Valérie* avec ces beaux yeux éclatants et calmes qui avaient tant de peine à feindre la cécité. Le public n'a fait que l'entrevoir ; elle a passé à l'Odéon, à la Porte-Saint-Martin, au Vaudeville, laissant à peine le temps d'apprécier son doux esprit, sa grâce décente, l'exquise distinction de son talent et de sa personne. Elle était faite pour lancer les reparties et pour manier l'éventail des grandes dames de la comédie romanesque. Elle ressemblait à ces *ladies* de Reynolds rêvant, en costumes de théâtre et accoudées sur un vase, au murmure du lac qui meurt à leurs pieds. Mais le mal qui l'a emportée l'effleura bientôt, et la détourna de la scène. On la revoyait de temps à autre, déjà « pâle de sa mort future. » C'était une de ces beautés qui brillent en se consumant.

Au premier rayon de santé, elle reprenait ses rôles et ses projets d'avenir. C'est ainsi qu'on la vit reparaître, l'hiver dernier, dans une comédie jouée chez M. le comte de Nieuwerkerke, et jamais elle n'avait montré plus d'éclat, de finesse et de charme. Elle semblait chez elle dans ces salons dont elle avait si naturellement les manières ; car elle était du théâtre et de la vie mondaine. La maladie la reprit, il y a quelques mois, et l'acheva à loisir. Elle est morte avec la résignation la plus sincère et la plus touchante. Une foule, qui était une élite, a accompagné son convoi. C'est moins à l'artiste qu'à la femme que s'adressait ce dernier hommage. Elle laisse après elle mieux qu'une renommée, des regrets et des affections. »

Ainsi parlait Paul de Saint-Victor. Je voudrais ne pas ajouter un mot. En effet, mademoiselle Garcia est si bien peinte par M. Léon Gozlan, par M. Paul de Saint-Victor et par elle-même !

Il y a aussi sur cette chère regrettée des pages charmantes de madame la comtesse Dash. Je voudrais citer les beaux vers de Roger de Beauvoir et de Théodore de Banville.

Elle ne voulait pas que son roman fût publié ; mais, quelques jours avant sa mort, elle m'a dit : « Je serai si vite oubliée ! Faites-moi revivre une heure en donnant ce roman à ceux qui sauront encore mon nom. »

On a donc fait imprimer ce livre, où j'ai mis deux portraits de cette chère regrettée. J'ai pieusement recueilli ce que ceux qui savent écrire ont dit sur elle. C'est l'histoire en quelques mots de sa vie d'artiste. La vie de son cœur, ce grand cœur, est trop palpitante encore.

On sait qu'elle était originaire d'Arles, qu'elle avait une souveraine beauté, grave, douce et fière en même temps. Elle vint jeune à Paris ; elle entra au Conservatoire, où on la surnommait le *chevalier*, à cause de son caractère chevaleresque, et où Duprez lui apprit à chanter et à enchanter. C'était un miracle de force et de charme. Elle fit, tout un printemps, la joie des grands salons de Londres ; mais elle perdit un peu sa voix et tenta les hasards de la comédie. Elle se hasarda sur ces planches périlleuses où il est impossible d'être belle et vertueuse. Elle garda sa vertu et perdit ses rôles. On ne sait pas toutes les misères du théâtre pour celles-là qui ont la fierté du devoir. Elle ne parut que de loin en loin, toujours charmante et toujours adorée du public.

Je donne ici l'opinion des critiques du *Lundi* sur le talent dramatique de mademoiselle Garcia.

« Dans la *Valérie*, de M. Scribe, une jeune comédienne, une inconnue hier, une étoile demain, mademoiselle Marie Garcia, a débuté par ce rôle d'aveugle qui nous a valu tous les quinze-vingts dramatiques de ces dernières années.

« On n'est ni plus jolie ni plus distinguée que mademoiselle Marie Garcia. Elle a été créée tout exprès pour jouer les *Ophélies* dans le répertoire des poëtes du cœur et de la fantaisie. Son organe a les sonorités douces d'une clochette d'or, et, quand elle traversait le théâtre, vêtue de sa robe blanche, elle nous semblait la Camille de Virgile glissant sur les épis d'un champ de blé sans courber leurs têtes blondes. Elle était émue, Dieu sait comme, le soir de son début, et cette émotion ajoutait encore à sa grâce et à son charme. En passant par ses lèvres, la prose de l'ouvrage, — et quelle prose ! — revêtait les apparences d'un lyrisme inconnu. Enfin, que vous dirai-je ? — Elle est venue, elle a été vue et elle a vaincu sur toute la ligne. Cette première victoire lui en promet d'autres; n'est-elle pas la plus difficile à gagner? et déjà l'on parle d'une comédie que M. Théodore Barrière destine à la continuation des débuts de mademoiselle Marie Garcia. »

C'est ainsi que parlait M. Albéric Second. Voici comment parlait M. Théophile Gautier :

« Mademoiselle Marie Garcia a débuté à l'Odéon par le rôle de *Valérie*, cette jeune aveugle qui a fait couler tant de pleurs. Mademoiselle Marie Garcia a une beauté élégante et romanesque qui la rend propre à jouer les héroïnes de Shakspeare, Portia, Rosalinde, Perdita, Ophélie, Imogène ; ou les créations fantasques d'Alfred de Musset, la princesse de Fantasio, Barberine, Rosette ou Marianne ; elle dit avec grâce, sensibilité et justesse, et nous la croyons appelée à tenir bientôt son rang parmi les célèbres et les charmantes. »

Voilà pour ses débuts. Je passe les sonnets et les bouquets. Je ne sais plus où trouver les éloges de Jules Janin. Elle joua plusieurs rôles à l'Odéon et au Vaudeville, et passa à la Porte-Saint-Martin où elle joua *la Belle Gabrielle*.

« Depuis quelques jours, disait M. Fiorentino, le rôle de la Belle Gabrielle, créé par mademoiselle Page, est joué avec beaucoup de passion, de poésie et de charme, par une très-belle et très-intelligente actrice, mademoiselle Marie Garcia. On lui a même adressé toutes sortes de madrigaux, de triolets et de chansons ?

Quand on voit Page et Garcia
Jouer la Belle Gabrielle,
Il faut chanter Alleluia !
Quand on voit Page et Garcia.

Pour vous dire la kyrielle
De leurs charmes impénitens,
Il me faudrait beaucoup de temps
Pour vous dire la kyrielle.

Si le roi fut un verd galant,
Ayant Gabrielle à combattre,
C'est qu'elle eut le triple talent,
Si le roi fut un verd galant.

Si le roi fut un diable à quatre,
Et s'il chantait victoria,
Nul ne s'en étonne au théâtre,
Quand on voit Page et Garcia.

Selon M. Léon Gozlan, mademoiselle Garcia a été forcée d'apprendre le matin le rôle de Gabrielle qu'elle a joué le soir, et qu'elle a joué avec la plus parfaite réussite. Il est vrai que son dévouement a rencontré deux rares auxiliaires dans son éclatante beauté et dans son rare talent. Le public a reconnu le service qu'elle rendait à l'administration par les témoignages de sa gratitude toujours si bruyante, mais si douce aux oreilles des artistes. »

La dernière fois que Marie Garcia parut en scène, ce fut au Louvre. Je lis dans le *Figaro :*

« On joue toujours la comédie dans le beau monde. Hier, M. le comte de Nieuwerkerke a voulu faire une surprise à ses habitués du vendredi. Le petit théâtre de la cour était dressé dans le salon des pastels. On y a joué *Horace et Lydie,* de M. Ponsard, et *le Duel de La Tour,* de M. Arsène Houssaye. Les acteurs étaient Leroux, Joanny,

Métrème, Boudeville; les actrices, mesdames Judith, Marie Garcia et Jouvante.

« Il y avait, ce soir-là, un parterre de maréchaux de France et d'ambassadeurs; il y avait tous les princes des arts. Un des illustres spectateurs a dit, en sortant, au maître de la maison : « Je connaissais tous vos pastels, mais je vois avec plaisir que mesdames Garcia et Judith ont autant de talent que La Tour pour faire leur figure, sans parler de leur talent pour peindre la passion. »

Mademoiselle Marie Garcia tomba sérieusement malade au printemps de 1859. On lui conseilla les Eaux-Bonnes.

A peine dans la montagne, elle retrouva toute sa verte jeunesse. Elle monta à cheval, courut les sentiers, et se remit à l'étude du chant.

Un soir, quelques jeunes gens, ravis de sa voix, lui donnèrent une sérénade. C'était le marquis de Las Sirgadas qui conduisait la fête. On lui demanda de donner un concert pour les pauvres. C'était après la bataille de Solferino; elle offrit de chanter pour les blessés. On réimprime ici cette *Chronique parisienne;* car le concert fit du bruit dans ce temps-là :

« Pour aujourd'hui, sortons un peu de Paris, et allons, pour commencer, si vous le voulez bien, aux Eaux-Bonnes.

« Commençons par le commencement ; Cicéron dit que c'est la bonne manière, et, comme je n'en connais pas d'autre, je la suivrai. Or, le commencement, et le milieu, et la fin du concert, c'est le ravissement dans lequel nous a plongés une jeune, belle et sympathique cantatrice, à la voix suave, flexible, étendue, mademoiselle Marie Garcia, qui jusqu'à ce jour n'a guère chanté qu'à Londres et dans quelques trop rares salons parisiens, mais dont la merveilleuse méthode trahit aussitôt une élève de Duprez.

« Mademoiselle Marie Garcia a été la fête de cette fête, elle en a été la joie et le charme ! Elle a dit l'air de la *Juive* et celui de *Robert-le-Diable*, comme on ne les dit malheureusement plus, avec une pureté, une grandeur et un sentiment exquis. A la bonne heure, voilà une voix, et c'est là ce qui s'appelle chanter ! Aussi, bravos frénétiques, rappels enthousiastes, bouquets, rien n'a-t-il manqué au triomphe de la jeune cantatrice, à laquelle on voulait témoigner le vif plaisir qu'on avait eu à l'entendre et la gratitude qu'on lui avait d'avoir chanté pour les blessés de l'armée d'Italie.

«Les salons du Casino, qui sont pourtant très-grands, ne pouvaient contenir la foule empressée et attentive étoilée de tous les beaux noms héraldiques de l'Europe.

«Si j'ai commencé par le commencement, pour être agréable à Cicéron, j'ai gardé quelque chose pour la fin. — Ce sont les strophes improvisées, séance tenante, par un poëte toujours prêt, pour toutes les bonnes actions comme pour tous les beaux vers.

« Donc de beaux vers, du beau monde, une belle cantatrice et une belle voix, total deux ou trois mille francs pour les blessés d'Italie.

« On est encore galant aux Pyrénées : mademoiselle Marie Garcia est rentrée chez elle en marchant sur les roses. Or, vous saurez que les roses viennent de loin ; car ici il ne pousse que des cyprès. »

Mademoiselle Marie Garcia revint des Pyrénées dans toute sa beauté. L'hiver suivant fut toute une fête de chants, de causeries et de fleurs. Quel charme c'était de vivre avec elle. Madame de

T— disait : « C'est la seule femme qui fait croire à l'amitié des femmes. Pourquoi ? c'est que si, dans toutes les femmes, il y a beaucoup du démon et de l'ange, dans Marie il y a peu du démon et beaucoup de l'ange. » Aussi mademoiselle Garcia avait de vraies amies. Combien de femmes versaient de sincères larmes sur son cercueil ! Je me rappellerai toujours ces fêtes qu'elle donnait aux Champs-Élysées, où on ne rencontrait que des princes par le nom et par l'esprit : toutes les illustrations contemporaines.

Mais, au milieu des fêtes qu'elle donnait, on surprenait à travers son sourire une expression de tristesse. Elle était née pour les sévères vertus; et tout en vivant selon son cœur, elle souffrait de sa destinée.

Elle m'écrivait :

« J'ai commencé si tristement ! Un père qui
« s'est ruiné; une enfance passée dans le deuil
« et l'orage. On m'a conduite au Conservatoire
« pour le salut de ma famille. J'ai chanté dans
« les larmes, chanté sans pain, chanté sans croire
« au lendemain. Pas un ami ! J'étais belle et tous
« me voulaient pour maîtresse. Mais Dieu m'avait

« donné une âme et je m'indignais. Que de luttes!
« et que la vertu coûte cher à Paris! Quand je
« songe à toutes ces tristesses, je pense au
« tombeau. La fin ne sera pas plus noire que
« le commencement. Il y en a qui ont un
« beau soleil levant, moi je n'ai vu d'abord que
« des nuages bien noirs. Le soleil est venu :
« quelques belles saisons avec un poëte qui sait
« tout, mais qui ne sait pas que je mourrai de ce
« que j'aime. »

C'est en 1858 que je vis pour la première fois
madame Garcia. Elle demeurait alors au n° 125
des Champs-Élysées. Mes regards ne pouvaient
se détacher de dessus ce beau et pâle visage ; son
air penché m'attachait, et le parfum de grâce et
de distinction qu'elle possédait m'attirait à elle.
Je ne sais quel secret pressentiment me disait que
cette femme ne devait pas m'être toujours étran-
gère. Bien des fois, depuis cette rencontre, ayant
su qu'elle était ma voisine, je dirigeais mes pas du
côté de sa demeure dans l'espoir de la rencontrer.
Il me semble encore la voir, vêtue de noir et de
blanc, robe de satin, manteau de velours et
chapeau de cygne à la Marie Stuart. On l'eût

prise pour une reine, tant il y avait de dignité dans sa désinvolture,

Notre amitié commença en 1861. Je la rencontrai chez une amie. Elle avait ce jour-là, par je ne sais quelle fantaisie, couvert sa magnifique chevelure noire d'une perruque blonde, qui, du reste, lui allait fort bien. Elle devait rejouer la *Belle Gabrielle*. Je ne pus m'empêcher de lui dire qu'elle était adorablement belle. Elle me demanda si je l'avais vue sous sa véritable couleur. Je lui répondis que, comme artiste, elle avait fait sur moi une vive impression. Elle parut charmée de ce compliment venant d'une femme. La conversation s'engagea ; nous nous mîmes à parler art : comme j'avais avec moi une de mes miniatures, je la lui fis voir ; elle me demanda de lui faire son portrait. C'est ainsi qu'une douce intimité s'établit entre nous ; pendant les séances, j'eus le temps de l'étudier : je reconnus en elle une noble et belle nature que la fatalité ou la passion avait atteinte. J'étais moi-même sous le poids d'un profond chagrin ; elle eut pour me consoler de bonnes paroles, et son cœur sut si bien me comprendre que je m'attachai de plus en plus à elle. Elle avait l'art de consoler. A l'heure qu'il est, j'invoque encore son souvenir dans mes jours de deuil. Son désir de m'être utile était si grand qu'elle employa tous les moyens en son pouvoir pour y parvenir. Elle m'invita à plusieurs de ses soirées ; c'est chez elle que je vis de près presque toutes nos célébrités : hommes de lettres et artistes.

Ici commence le drame de sa vie, où j'ai assisté jour par jour, heure par heure. Hélas ! qu'il est de romans inédits dont l'intérêt est encore plus puissant que tous ceux qu'on nous donne à lire! Mais n'ouvrons pas aujourd'hui ce roman terrible et invraisemblable : une comédienne qui meurt de chagrin !

J'eus souvent de ses nouvelles par une amie à qui je l'avais recommandée et qui fut sa compagne fidèle pendant tout le temps de mon absence. — « La pauvre âme s'en va, m'écrivait « mon amie, ses souffrances font peine à voir. « Hâtez-vous, ma chère Reinette, si vous voulez « encore l'embrasser, vous la trouverez toujours « belle, quoique bien changée. »

En effet, quel terrible changement s'était

opéré chez elle pendant les trois mois qu'avait
duré notre séparation ! J'en fus si saisie que j'eus
peur qu'elle s'en aperçût.

« Je craignais de ne plus vous revoir, me dit-
« elle, vous avez bien tardé, c'est que vous étiez
« heureuse au milieu de votre famille. Je le com-
« prends, et je ne vous en veux pas ; c'est si bon,
« le bonheur, et c'est si rare, qu'il faut le prendre
« quand on le trouve ! Pour moi, c'est fini, je n'en
« aurai plus jamais ! Ah ! vous savez, me dit-elle
« encore, je suis devenue dévote, mais très-
« dévote ; c'est vous qui avez commencé ma con-
« version, et l'abbé Carron l'a achevée. Il a su si
« bien s'y prendre ; il m'a montré le chemin du
« ciel si facile, que je m'y laisse conduire. Je
« m'en trouve mieux, J'attends la mort sans
« crainte ; Houssaye m'a donné de beaux livres
« de prières, car j'aime toujours ce qui est beau,
« même lorsqu'il est question de Dieu ! — Sur ce
« point, je reste pécheresse. »

Le 5 décembre, à 4 heures du soir, elle eut
une crise affreuse ; je la crus perdue, mes larmes
m'étouffaient. Je n'osais pleurer, car elle regardait
dans mes yeux cherchant à y lire ma pensée. Elle

me donna ses mains que je pressai longtemps sur mes lèvres : « Embrassez-moi bien, me dit-elle, « c'est la dernière fois ; je ne serai plus là lorsque « vous reviendrez. »

Je finirai par quelques mots sur sa mort toute chrétienne.

Elle fut, comme a dit Bossuet de Madame, douce envers la mort, elle qui n'était pas douce envers tout le monde. Elle toucha jusqu'aux larmes les sœurs de charité par sa force d'âme, sa douceur. Au milieu de ses souffrances, elle n'eut que des sourires. Elle avait dit le jour et l'heure de sa mort ; elle ne se trompa point. Elle disait à ses amies en prenant son cœur sous sa main : « Je meurs une fois pour ne pas mourir mille fois. » Elle s'était tournée vers Dieu ; elle avait pardonné ; elle avait souri.

Tout le monde pleurait.

Avant sa maladie, elle ne croyait pas beaucoup à l'immortalité de l'âme ; elle ne voyait que ténèbres dans le lendemain de la vie.

Vint un prêtre.

—Non, mon père, je ne vous ai pas demandé. Le jour où je me sentirai toute à Dieu, je vous le dirai.

La sœur de charité amena l'abbé Carron. Elle ouvrit son cœur à celui-là comme s'il eût amené Dieu avec lui :

« —Êtes-vous chrétienne ?

« —Parlez-moi de Dieu. »

Et quand ce grand esprit eut parlé :

« —Je suis chrétienne. »

Et elle fondit en larmes et voulut éteindre ses lèvres sur un crucifix d'argent. Elle ne faisait rien à demi ; elle se donna toute à Dieu.

—Moi aussi, dit-elle, j'arriverai à lui toute déchirée et toute saignante.

Avant de se tourner vers Dieu, elle s'était tournée vers les pauvres. Elle dit à sa dernière heure : *N'oubliez pas mes pauvres!* On a pensé à réserver au public cent exemplaires de ce petit roman *pour les pauvres de Marie.*

JEANNE FAVRE

Dans les lettres de mademoiselle Marie Garcia,
on a trouvé ce sonnet inachevé.

Adieu, je vais mourir, ma blancheur de statue
Me fait songer au lit de marbre du tombeau.
Mon pauvre cœur brisé m'échappe......
Et je ne te sens plus en mon âme abattue.

Ma voix qui te chantait l'amour déjà s'est tue,
La colombe revêt la robe du corbeau ;
Adieu ce qui fut doux, adieu ce qui fut beau !
Adieu tout ce que j'aime, adieu tout ce qui tue !

Tu m'as donné l'amour, et j'ai vécu par toi ;
L'amour donne la mort aux femmes comme moi.
Qu'aimais-tu donc, païen ? ma beauté périssable.

Tu voulais la moisson des roses et des lis,
C'est la mort qui me fauche ! Adieu, car je pâlis,
Je te lègue un cyprès, une ombre, un grain de sable.

ACHEVÉ D'IMPRIMER

par Bonaventure et Ducessois

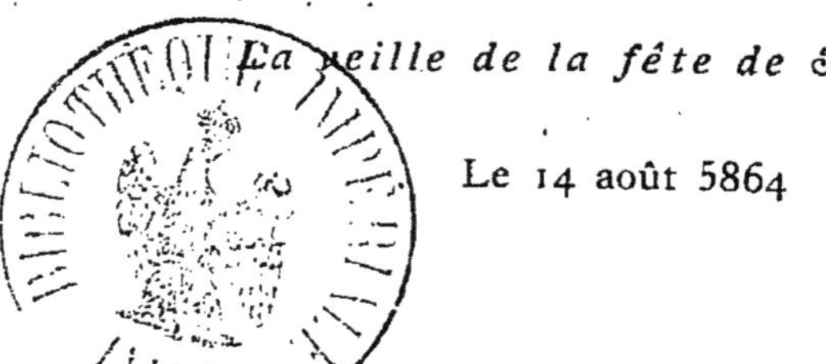

La veille de la fête de MARIE

Le 14 août 5864

PARIS.—IMPRIMÉ CHEZ BONAVENTURE ET DUCESSOIS.

9 782019 260019